KB253479

무지개 뜨는 마을에서는
어른도 가슴이 뛴다

이미란 지음

성안당 .com

무지개 뜨는 마을에서는
어른도 가슴이 뛴다

2007년 3월 19일 초판 1쇄 인쇄
2007년 3월 26일 초판 1쇄 발행

지은이 ┆ 이미란
펴낸이 ┆ 이종춘
펴낸곳 ┆  성안당 .com
주소 ┆ 경기도 파주시 교하읍 문발리 출판문화정보산업단지 536-3
전화 ┆ 031-955-0511
팩스 ┆ 031-955-0510
등록 ┆ 1973. 2. 1. 제13-12호
홈페이지 ┆ www.cyber.co.kr

만든이

기획 ┆ 최옥현
편집 · 진행 ┆ 권경자
교정 · 교열 ┆ 윤성일
본문 디자인 ┆ 앤미디어
표지 디자인 ┆ 디자인 결
본문 일러스트 ┆ 송의권
제작 ┆ 구본철
출력 ┆ 이펙

ISBN 978-89-315-7224-7
정가 9,800원

contents

《《무지개 뜨는 마을에서는 어른도 가슴이 뛴다》》

동화책의 제목부터 저에게 감동으로 다가왔습니다. 머릿속에 무지개를 떠올리면, 구약성서에서 노아의 방주 이야기 마지막에 지구촌 물청소를 깨끗이 끝낸 하나님께서 눈부신 햇살 사이에 일곱 빛깔 무지개를 걸쳐 놓으시고 무한한 사랑을 내리시는 모습을 한없이 상상하게 되기 때문입니다.

저는 일찍이 방정환 선생님이 가지셨던 어린이 사랑, 나라 사랑의 마음을 가슴속에 품고서 많은 동화들과 만나며 긴 세월을 동화 구연가라는 이름으로 살아왔습니다. 그런데 언제부터인가 동화 구연가들에게 많은 사랑을 받게 된 《눈물로 뭉친 참깨》라는 동화가 있습니다. 저는 지금까지 그것이 이미란 선생님의 일곱 번째 동화라는 것을 알지 못한 채 동화 교육과 동화 구연에 활용해 왔습니다. 가꾸지 않아도 멋지게 자라난 뒷동산의 소나무처럼, 이미란 선생님의 동화는 이미 우리들의 마음속에 그렇게 함께 자라고 있었습니다. 이제 새 동화책을 받아 들고 나서 그 사실을 알게 된 것만으로도 제 마음은 마냥 기쁘고 정겹습니다.

이 일곱 편의 동화를 어린이들뿐만 아니라 어른들이 먼저 읽기를 바라는 마음이 굴뚝 같습니다. 동화에 관심이 없었던 사람들도 지치고 아픈 세상살이 때문에 서늘한 바람이 남모르게 가슴에 스미고 있다면, 산골 물 같이 청량한 동화 한 편을 읽으면서 그 마음이 깨끗이 치유되기를 바랍니다.

저도 이 일곱 편의 동화를 읽는 동안 어린 시절부터 미해결 과제로 남아 있던 마음의 앙금이 스르르 풀리는 것을 경험했습니다. 비바람을 헤치고 나온 무지개 같은 이 일곱 편의 동화는 모두 어린이에서 어른에 이르기까지 동화 구연가로서 꼭 들려주고 싶은 이야기들입니다. 동화 속 주인공들처럼 이 동화를 읽고 행복한 마술에 걸려서, 무지개를 보면 가슴이 뛰는 삶을 살아가시기를 빕니다.

좋은 동화를 써 주신 이미란 선생님께 깊은 감사와 격려를 드립니다.

(이경자, 사단법인 색동어머니회 13대 회장)

바위 앞에 서있는 조각가는
그 속에서 들리는 소녀의 기도 소리를 들었기에
기도하는 소녀를 찾아냅니다.

황무지에서 황금 물결을 본 농부는
흙먼지 속에서 땅을 갈아엎습니다.
그리고 찾아냅니다.
그 속에 숨어 있던 많은 곡식들을.

디즈니는 플로리다의 디즈니랜드가 완공되기 전에
세상을 떠났지만 분명, 그는 보았던 것입니다.
그러지 않고서야 그렇게 즐거운 아이들의 웃음소리를
찾아 낼 수는 없었을 테니까요.

눈에 보이지 않는 것
귀에 들리지 않는 것들을
볼 수 있고 들을 수 있는 것을
상상이라고 합니다.

사람에게 가장 중요한 것은 상상할 수 있는 힘입니다.
상상의 힘을 동화 정신이라고 말하고 싶습니다.
동화 정신은 세상을 창조한 방법이었고
과학의 씨앗이기 때문입니다.

오늘
님의 손에 놓인 동화 한 편이 상상의 밭에 떨어진 씨앗
이기를 꿈꿉니다.

저자 이미란

무지개
우리가 잠잘 때 편

예쁜 해야
오늘은
무슨 생각
어떤 말을
할 거니?

우리가 잠잘 때

　해네 집은 26평의 아담한 아파트예요. 해는 아침에 잠에서 깨어나면 제일 먼저 천장을 봐요. 엄마가 큰 글씨로 천장에 써 둔 이야기를 읽기 위해서죠. 매일 밤 해가 잠들면 엄마는 천장에 큰 글씨로 쓴 하얀 종이 한 장을 붙여 놓으시거든요. 거기에 오늘은 그렇게 쓰여 있어요.

　"예쁜 해야, 오늘은 무슨 생각, 어떤 말을 할 거니? 먼저 눈에 보이는 모든 것들이 너에게 뭐라고 말하는지 조용히 들어 보렴."

매일 아침 일어나 엄마가 적어 둔 글씨를 읽어 보지만, 오늘의 내용은 이해할 수가 없었어요.

네모난 천장, 네모난 벽, 네모난 책상, 네모난 피아노, 네모난 시계, 네모난 칠판, 네모난 책, 네모난 노트, 모두 모두 네모난 얼굴로 무뚝뚝하게 거기에 있을 뿐, 아무 말도 해 주지 않았으니까요.

'세상은 온통 네모뿐이야.'

곰곰이 생각하는 해에게 친구 혜라가 활짝 웃으며 다가
왔어요.

"해야, 넌 무슨 생각을 그렇게 하는 거니?"

"응, 우리 엄마는 눈에 보이는 모든 것들이 하는 소리를
들어 보라고 하시는데 온통 네모난 모양만 보이고 아무 소
리도 들리지 않아."

"그러니? 난 모두 동그란 것들만 보이는데. 너의 얼굴도
동그랗고, 지구본도 동그랗고, 달도 해도 모두 동그랗고
꽃잎도 과일도 모두 동그랗잖아."

"정말 그렇구나. 그런데 난 왜 네모난 것들만 있다고 생
각했지?"

"그건 말야, 네가 죽어 있는 것들만 보았기 때문일 거야.
살아 있는 것들은 동그랗거든."

해는 친구 혜라의 이야기를 듣고 보니 맞는 것도 같았지만 엄마의 말을 다 이해할 수는 없었어요.

눈에 보이는 것들이 동그랗든 네모나든 죽어 있든 살아 있든 말을 하지는 않았으니까요.

저녁 식사를 마치고는 방문까지 걸어 잠그고 조용히 들어 보았지만 시계의 초침 소리뿐 아무 소리도 들을 수 없었어요.

오늘은 일기장에 쓰고 싶은 이야기도 없었어요. 연필만 뱅글뱅글 돌리다가 책상에 엎드려 잠이 들었어요.

'이렇게 잠들면 엄마가 걱정하실 텐데…….'

그때였어요. 연필 주머니 속에서 아주 작은 목소리가
들려 왔어요.

"파란색 몽당연필은 정말 좋겠다. 해의 하얀 손가락
사이에서 잠들 수 있으니 말이야."

"그래, 난 며칠 후 쓰레기통 아줌마 속에 들어가면 빨
간 로켓 불을 달고 하늘로 올라가서 파란 하늘에 색칠도
할 테야."

파란 연필의 이야기를 듣고 까만 연필은 한숨을 쉬며
대꾸 했어요.

"나도 로켓 불을 달고 올라가 깜깜한 밤하늘
을 온통 칠하고 싶은데, 난 별로 인기가 없으
니까 쓰레기통 아줌마 품속으론 영영 들어가
지 못할지도 몰라."

18

　해는 깜짝 놀랐어요. 연필들이 그렇게 재미난 이야기를 할 줄은 몰랐거든요. 그리고 쓰레기통 아줌마가 몽당연필들에게 로켓 불을 달아 하늘로 날려 준다는 것은 정말 놀라웠어요. 고개를 들고 사방을 둘러보니 모두 다 환하게 웃으며 이야기하는 거예요. 딩동딩동 피아노 아가씨는 팔딱팔딱 뛰는 개구리처럼 하얀 건반과 검은 건반을 움직이며 노래를 불렀어요.

　'와! 신기하다!' 피아노 혼자서 아무리 어려운 곡도 틀리지 않고 연주할 수 있었어요.

"피아노 아가씨, 미안해요. 난 쉬운 곡도 자주 틀렸는데 피아노 솜씨가 아주 훌륭하시군요."

"천만에요, 저도 안타까울 뿐이에요. 욕심을 버리고 즐거운 마음으로 치면 손가락과 건반은 짝꿍처럼 움직인다는 걸 아시나요?"

"어머! 정말이에요? 이젠 피아노 선생님에게 혼나지 않겠어요."

해는 신바람이 났어요.

그때 책상 위의 컴퓨터가 환한 얼굴로 깜짝 쇼를 시작했어요.

"우리의 영원한 사랑, 해님은 오늘 하루 종일 고민이었답니다. 우리가 하는 이야기를 들을 수 없었기 때문이지요. 푸하하하! 우리의 재미있는 이야기를 들을 수 없었다니 참으로 안타까운 일이 아닐 수 없습니다. 여러분, 해 아가씨의 남자 친구 진수 군을 아시죠. 진수 군의 컴퓨터가 편지를 보내 왔습니다. 아직도 진수 군은 사물들의 이야기를 듣지 못한답니다."

방안의 친구들에게 컴퓨터는 최고의 이야기꾼이었어요. 매일매일 일어나는 놀라운 사건이 무궁무진해서 사람들이 잠든 밤에도 심심할 틈이 없었어요.

그때 '위잉-' 하는 커다란 소리가 부엌 쪽에서 들려 왔어요. 눈치 빠른 컴퓨터가 잽싸게 입을 열었어요.

"아이구, 냉장고 할아버지가 화가 나신 모양입니다."

해는 얼른 부엌으로 달려가 봤어요.

"아이구… 힘들어. 이젠 나도 많이 늙은 모양이야. 해랑 언니 별이가 냉장고 문을 지난해보다 적게 여는데도 밤새 얼음을 얼려 두고 음식을 차게 지키는 것이 왜 이렇게 힘이 드는지…….."

"냉장고 할아버지, 잘못했어요. 우리 때문에 더 힘드신 거죠?"

"아니다, 아니야. 너희들이 없으면 난 오히려 심심할 거야."

엄마가 언제나 하얀 행주로 얼굴을 닦아 주는 고무나무가 베란다에서 쿨쿨 자다 말고 졸리는 듯 말했어요.

"해야, 미안해. 난 좀더 자야 한단다. 내가 잠을 자지 않으면 신선한 산소를 뿜어낼 수 없어."

해도 이젠 졸렸어요. 친구들에게 들은 이야기를 엄마에
게 들려주려면 이젠 그만 잠을 자야 했어요.

다음날 아침, 네모난 벽시계가 귓속말을 전해 왔어요.

"해야─ 해야, 일어날 시간이야."

눈을 뜨고 천장을 보니 엄마는 이렇게 써 놓으셨어요.

"사랑스러운 해야, 책상에서 잠이 들었더구나. 오늘 아
침은 해가 쳐주는 피아노 소리를 들으며 아침밥을 짓고 싶
구나."

'우리 엄마도 어젯밤 나와 피아노 아가씨가 한 이야기를
들으신 걸까?'

해는 빙그레 웃으며 피아노 앞에 앉았어요.

그리고 엄마가 좋아하시는 팝송 예스터데이를 쳤어요. 그런데 정말 신기했어요. 언제나 틀리던 곳도 전혀 틀리지 않게 잘 쳐졌어요. 신문을 보시던 아빠도 박수를 쳐 주셨어요.

뜨는
미래네 외갓집 편

미래네 외갓집

오미래네 외삼촌은 대학 교수님이지만 메신저에도 자주
들어와서 미래에게 말을 걸어 주지요.

"미래야, 이번 여름도 시골에서 지낼 거지?"

"네. 삼촌 *^^*"

"삼촌도 그럴 거야."

"삼촌은 언제 가실 건데요?"

"응. 이번 토요일."

"저도 아빠가 토요일에 데려다 주신다고 했어요."

"와우- 우리 공주님 더 예뻐지셨겠지?"

"부끄러워요.^*^ 근데 삼촌, 저 오늘 매미소리 들었어요."

"그래? 좋았겠네."

“아니요. 서울매미는 시끄러웠어요. 할머니 집에서 들었
던 매미소리는 좋았는데……. 매미도 서울에 오면 스트레
스를 받나 봐요.”

“ㅋ 미래 아가씨 그게 아닐걸.”

“네?”

“시골에서 들었던 매미소리는 아마도 참매미 소리였을
거고 서울에서 들었던 매미소리는 산깽깽매미나 애봄매미
소리였을 거야.”

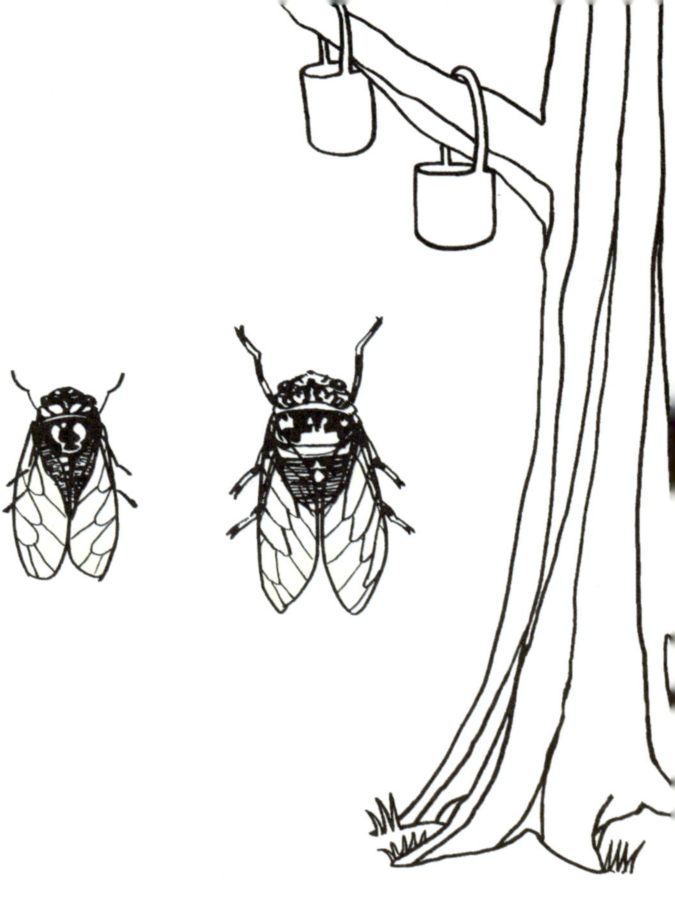

"아! 그렇구나. 알려 줘서 고마워요, 삼촌."

샛강을 끼고 큰 미루나무 길을 따라가면 산 밑에 조그만 집들이 있어요. 그리고 마지막 집 앞에는 오래된 왕 소나무가 있지요. 아주 오래된 왕 소나무라서 미래네 할머니조차도 언제부터 그 나무가 거기서 자라기 시작했는지 알지 못했지요.

초등 학교 4학년인 미래는 여름 방학을 언제나 할머니 댁에서 보냈어요. 미래가 할머니 댁을 좋아하는 이유야 많지만 그 중에서 제일은 아마도 젊은 박사님인 외삼촌과 함께 보낼 수 있기 때문일 거예요. 미래에게 외삼촌은 가장 친한 친구가 되어 주었고 움직이는 컴퓨터처럼 궁금한 것을 언제든 쉽고 재미있게 알려 주기도 했어요. 왕소나무 아래에 할머니가 깔아 둔 대나무 자리는 외삼촌과 미래에게 숲 속 교실이었어요.

밤이 되자 할머니가 피워 놓으신 모깃불에서
쑥 연기가 실타래처럼 올라와 바람을 타고 흩어
졌어요. 대나무 자리에 누워서 밤하늘을 보면
소나무 가지 끝에 매달린 별들이 손을 올려 톡톡
건드리면 금방이라도 뱅그르르 움직일 것처럼
가까이 보였지요.

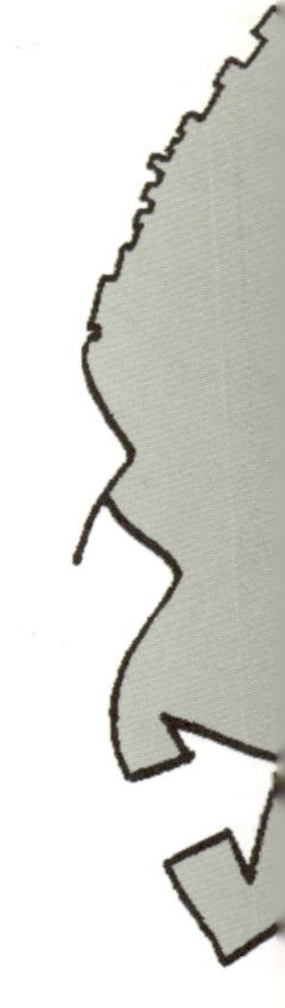

"외삼촌, 아빠가 왜 제 이름을 '미래' 라고 지어 주신 줄
아세요?"

"글쎄, 아직 살지 않은 미래 속에는 무엇이나 상상한 대
로 그려 넣을 수 있기 때문이 아니었을까?"

"아― 그렇구나. 아빠는 제가 크면 알게 된다면서 아직도
설명을 안 해 주세요. 그리고 제 동생이 태어나면 '늘' 이
라고 이름을 지으려고 하셨대요."

"오늘? 오늘과 오미래! 참 좋구나!"

"미래야, 수수께끼 하나 낼 테니 맞춰 보렴. 오래된 미래
는 언제일까?"

"오늘!"

"우리 미래는 천재인가 보다. 이렇게 어려운 문제를 단
번에 맞추는 걸 보니."

첫날밤은 그렇게 깊어 가고 있었어요. 미래의 눈꺼풀도
무거워지고 삼촌도 하품을 하셨어요. 내일도 모레도 삼촌
은 미래에게 아직 한 번도 풀어 보지 못한 수수께끼를 낼
거예요. 여름 방학마다 그랬던 것처럼.

요란한 까치 울음소리가 아침을 가르고 있을 때 미래가 외삼촌에게 말했어요.

"삼촌 '오래된 과거'가 뭔지 맞춰 보세요."

"오래된 과거?"

"네."

"저녁 때까지 시간을 드리겠어요."

삼촌은 모두 안다는 듯이 빙그레 웃으시며 곧장 대답하셨어요.

"오래된 과거는 '내일'일 거야. 우리 미래에게 이제 역사 의식이 생기기 시작했구나. 이제 삼촌이랑 더 많은 이야기를 나눌 수도 있겠는 걸."

미래는 사실 어제 맞춘 문제나 오늘 낸 문제에 대해 잘 알지도 못하는데, 조금 걱정이 되었어요.

"삼촌, 저 사실 잘 모르는데요. 삼촌 문제를 맞춘 것은 그냥 찍은 거였고요. 오늘 제가 낸 문제는 삼촌을 흉내낸 건데……."

"하하하. 삼촌은 우리 미래 이름을 설명해 줬던 건데."

"오잉?! 삼촌-"

미래는 삼촌의 이야기를 알 것도 같고 모를 것도 같았어요.

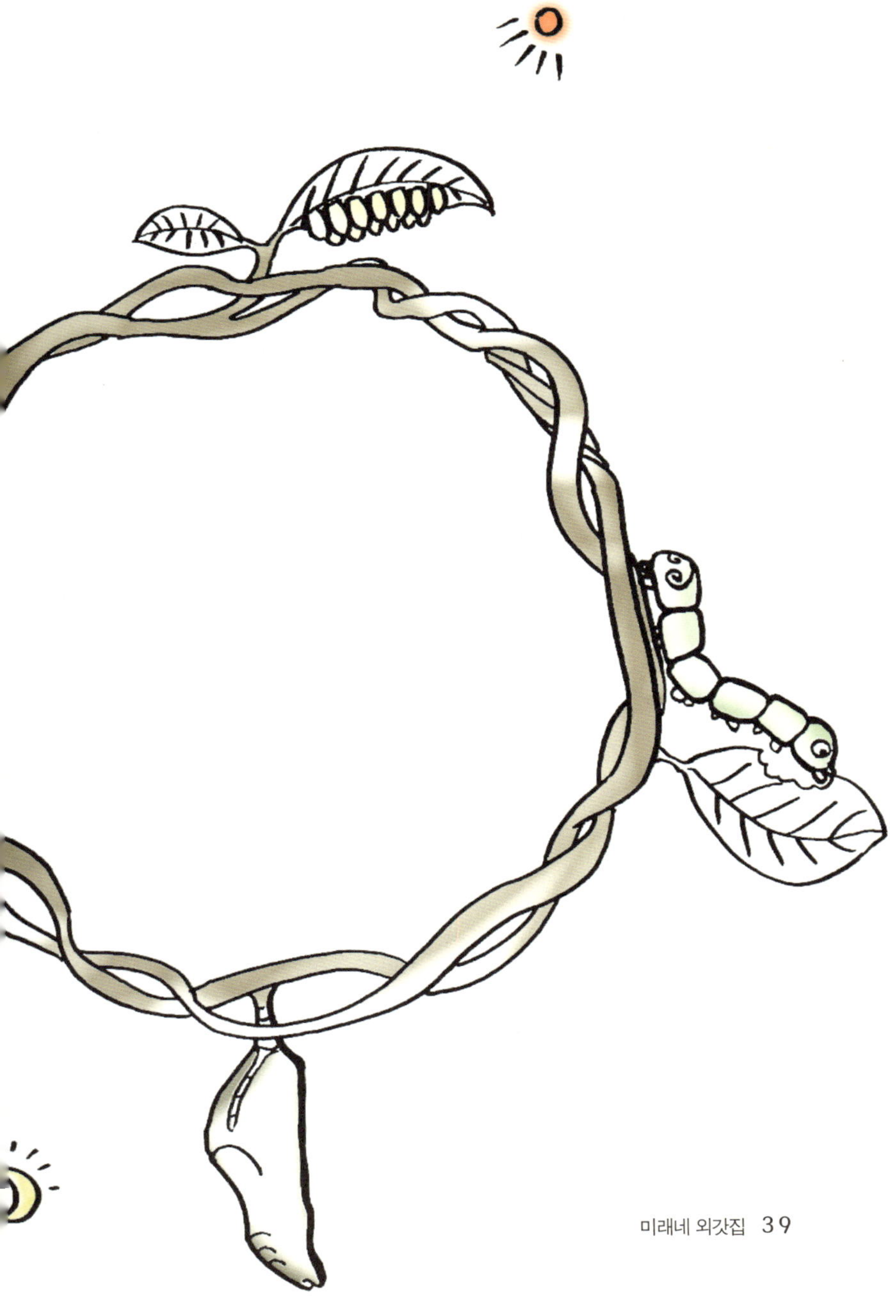

"미래야, 매미를 한번 생각해 보렴. 매미는 오랫동안 땅속에서 유충으로 살다가 매미로 태어나면 아주 짧은 동안만 산다는 것을 학교에서 배웠을 거야. 그런데 땅속에서 살던 유충의 모습 속에도 큰소리로 울며 날아다니는 매미가 들어 있고, 나뭇가지에서 소리 내며 울고 있을 때도 땅속 애벌레의 모습이 들어 있는 거야."

미래는 천천히 고개를 끄덕였어요.

삼촌은 환하게 웃으시며 말씀하셨어요.

"우리 소중한 미래야! 미래는 모든 어른들에게 오늘과 어제 그리고 다가올 모든 내일을 보게 했단다. 우리 미래에게 동화 한 편 들려줄까?"

"아주 오랜 옛날, 우리가 알 수 없는 선사 시대에 빙하기가 왔지. 그때는 지금보다 더 발달된 과학 문명의 시대였어.

그건 피라미드만 봐도 알 수 있거든. 지구에 살고 있던 많은 사람들이 빙하기에 죽게 되었지. 그런데 남극 어느 땅속에는 지금도 그 고대인들이 살고 있다는 이야기가 있어. 빙하기 때의 두터운 얼음 속에 사람과 생명체들이 살 만한 최적의 환경 속에서 아주 긴 수명으로 살고 있다는 거야. 신화나 옛날이야기에 등장하는 바람처럼 나타났다 사라졌다는 사람들이 어쩌면 남극의 지하 왕국에 살고 있는 사람들인지도 모르겠어. 빙하로 한 세대가 끝나고 아주 긴 세월이 흐른 뒤 살아 남았던 사람들이 모든 기억을 잊은 채 아주 미련하게 동물과 비슷한 모습으로 생존하고 있을 때, 그들이 잠시 지상에 나타나서 씨 뿌리고 경작하는 기술을 알려 주고 사라졌다거나, 누군가 간절히 바라는 것이 있을 때 흰말을 타거나 흰옷을 입고 나타나서 그 소원을 들어주고 사라졌다거나 하는 이런 이야기들은 그냥 꾸며진 이야기가 아니고 더 진보되고 발전된 사람들이 어디엔가 있다는 것으로도 생각해 볼 수 있는 거지. 중요한 것은 사람들 속에는 모든 역사가 들어 있다는 거야."

미래는 이런 재미있는 이야기를 들려주는 외삼촌이 정
말 좋아서 삼촌 목을 꼭 끌어안고 까칠까칠한 수염이 난
삼촌 볼에 뽀뽀를 했어요. 그리고 언젠가 어른이 되면 조
카들에게 삼촌에게서 들은 이야기들을 해 줘야겠다고 생
각했어요.

마을
제 이름은 김비사입니다 편

제 이름은 김비사입니다

　세상에 아기 하나가 태어나려면 하늘에서 수많은 별들이 모여 회의를 한답니다. 그 아기와 함께 별 하나도 태어나야 하기 때문이지요. 물 맑고 바람결 고운 마을 커다란 밤나무가 있는 집에 이미 머리가 반백이 되어 버린 부부가 살고 있었어요. 이 부부는 밤이면 하늘을 올려다보며 별들과 이야기하기를 좋아했어요. 그러던 어느 날 별들의 이야기를 듣게 되었어요. 하늘에서 밝은 빛을 내는 별이 태어나려면 땅에서는 몸이 많이 불편한 아기가 태어나야 한다는 슬픈 이야기였지요.

그 이야기를 마음씨 착한 부인이 듣고는 남편에게 들려줬어요. 남편과 아내는 그 후 몸이 많이 불편한 아기를 볼 때마다 밤하늘의 가장 빛나는 별을 올려다보게 되었어요. 그리고 그런 아기를 낳은 부모들을 찾아 다니며 위로해 줬어요.

"하늘에 아름다운 별 하나가 빛나기 위해 이 아기가 태어난 거랍니다.

하늘에 큰 별이 태어나기 위해 세상에 이 아기가 반드시 태어나야만 하는데, 건강하지 못한 이 아기를 가장 잘 키울 부모를 찾다가 당신들의 착한 마음씨를 보고 이 아기를 주신 거랍니다."

그러면 신기하게도 그 부모들에게서 슬픔이 사라지고 마음속에 잔잔한 기쁨이 샘솟기 시작했지요.

어느 날 밤이었어요. 그날도 밤하늘의 별들을 보다가 별들의 이야기를 듣게 되었어요. 별들의 이야기는 가장 빛나는 별과 가장 작은 별을 동시에 만들자는 이야기였어요.

두 사람은 그 아기들이 누구에게서 태어나게 될지 궁금했어요. 그런데 참 놀랍게도 그 일이 이 중년 부부에게 일어나고 말았어요. 아무도 믿을 수 없는 일이 생긴 거죠. 이런 일이 생기면 흔히 늦둥이를 갖게 되었다고 모두들 기뻐하지만 어떤 아기들이 태어나게 될지를 이미 알고 있는 이 부부는 아무에게도 아기를 가졌다는 이야기를 하지 않았어요. 계절이 지나갈 때마다 부인의 배는 달처럼 차올랐지만 부인이 아기를 잉태한 사실을 알아채는 사람들은 없었어요. 부부는 밤마다 아기들이 자라는 배 위에 손을 얹고 축복했어요.

"아주 작지만 우주보다 더 큰 우리 아기들아
너희들이 오는 첫길은 세상에 온통 꽃들이 피어나
향기를 낼 거란다. 꽃들이 피는 까닭은 너희들을 위함이니
마음껏 기뻐하며 가장 크게 웃는 자가 되거라."

　이 부부는 산부인과에 갈 때마다 의사 선생님으로부터 마음 아픈 이야기를 들어야만 했어요. 아기의 유전자가 천부적인 기형이라느니, 사산할 확률이 아주 높다느니, 끝까지 아기를 포기하지 않으면 엄마의 생명까지 위험하다느니……. 그래서 아예 산부인과에서 하던 정기 검진을 중단하게 되었지요. 그리고 열 달을 무사히 채운 어느 봄날, 세상에 진달래와 개나리, 목련과 작은 들꽃들이 피어나던 날 밤, 아기들이 세상에 나올 신호를 보냈어요. 엄마와 아빠는 너무나 두렵고 떨렸지만 서로의 손을 꼭 잡고 이야기했어요. 우리에게 오는 큰 빛과 작은 빛은 모두 다 소중해요. 우리에게 기쁨이고 보람일 테니 감사할 수밖에 없어요. 부인의 눈에서 또르르 흐르는 눈물 방울을 남편이 바라보며 말했어요.

"당신의 눈물은 세상으로 통하는 유리창에 낀 먼지를 닦
는 비일 겝니다. 당신은 좋은 엄마가 될 거예요. 특히 하늘
의 큰 별빛으로 태어나는 아기에
게는 더욱 그렇겠지요."

하나의 생명이 엄마의 몸을 통해 세상에 나오기 위해서는 무서운 통증이 지나가야만 하지요. 왜냐하면 그런 고통 없이 세상에 나온다면 사는 동안 겪게 되는 모든 아픔들을 인내할 수 없기 때문입니다. 그 고통이 엄마에게만 큰 것이 아니라 아기에게 더 크다는 것을 아시는지요. 아가는 엄마가 겪어야 하는 아픔보다도 더 큰 아픔을 겪으며 세상으로 나오는 길을 따라 나오지요. 마치 자신의 몸보다 더 작은 깜깜한 동굴에서 몸을 빼내는 아픔과도 같을 것입니다. 그래서 아기들은 너무나 아파서 세상에 나오자마자 그렇게 큰소리로 울게 된답니다. 하지만 그렇게 한바탕 울고 나면 모든 고통을 잊어 버리는 은총을 받게 되어, 살아가는 동안 자신에게 아픔을 준 사람들까지도 용서하며 살 수 있게 된답니다. 이런저런 이야기로 가쁜 호흡을 가다듬던 부인의 입에서 외마디 비명이 들리더니 아기가 태어났어요.

아직 산파도 집에 도착하지 않은 시간이었는데 첫 번째 아기가 태어난 거지요. 아기는 우렁찬 목소리로 첫 울음을 터트렸어요. 이윽고 두 번째 아기도 세상에 나왔어요. 아기는 온몸이 수은처럼 하얗게 빛났어요. 물론 울음도 터트리지 않았어요. 엄마는 그 아기를 가슴으로 꼭 안고 첫울음이 터지기를 간절히, 간절히 기다렸어요. 하지만 아기는 빙그레 웃음 띤 얼굴로 더 하얗게 변해 갔어요. 엄마는 아기의 몸이 따뜻해지도록 품속에 더욱 꼭 안았어요. 그러나 엄마의 체온이 아가를 따뜻하게 하지 못했어요. 순간, 엄마는 모든 힘을 다해 자신의 생명을 아기의 생명과 바꿔 달라고 기도했어요.

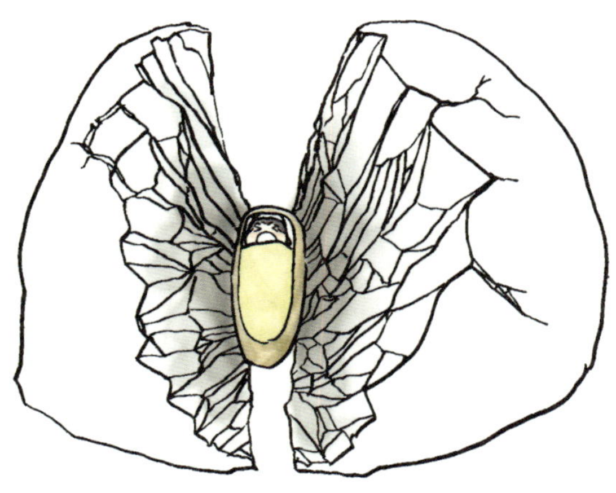

그러자 홀연히 천사가 내려와 아기를 안더니 말했어요.

"이 아기는 당신의 아기가 아니랍니다. 이 아기는 하늘에서 큰 별로 빛날 빛이랍니다. 당신의 남편이 안고 있는 아기가 당신의 아기랍니다." 천사는 빙그레 웃으며 하얗게 빛나는 아기를 안고 순식간에 사라졌습니다. 천사가 아기를 안고 떠나자 엄마의 마음속에 평화가 찾아왔어요. 그리고 가만히 방안을 둘러봤어요. 강보에 싸인 아기는 아빠 품에서 쌔근쌔근 잠이 들었고, 환하게 웃는 산파는 건강한 왕자님을 낳았다며 엄마에게 축하해 줬어요. 남편은 아기를 보여 주며 아내에게 말했어요.

"여보, 당신이 정신을 잃어서 많이 걱정했어요. 그리고 우리는 쌍둥이를 가졌던 게 아니었나 봅니다."

아내는 모든 사실을 자신밖에 모른다는 것을 깨닫게 되었어요. 때론 사람들 눈에 잘 보이지 않는 일들이 있는 법이니까요.

중년 부부에게 찾아온 이 아름다운 선물을 뭐라고 이름해야 할까요?

김*비*사

이 아기는 하늘에서도 땅에서도 하나의 빛이 될 테니까요.

에서는
크리스마스 선물편

크리스마스 선물

　이슬이는 초등 학교 4학년 남자 아이예요. 얼굴도 예쁘고 마음씨도 착하고 공부도 잘하지만 이슬이는 언제나 우울해요. 쉬는 시간에 친구들과 재미있게 놀다가도 문득 엄마 생각을 하면 풀이 죽어요. 오늘도 술을 잔뜩 마시고 새벽에야 들어온 아빠가 깨어나면 엄마를 괴롭히고 때릴까 봐 공부 시간에도 선생님의 설명이 머리에 들어오질 않아요.

몇 년 전만 해도 이슬이네 집은 남부러울 것이 없었는데 아빠가 실직을 하고부터는 술만 마시고, 사업을 하려다 친구에게 사기를 당하고부터는 더 형편없이 변해갔어요. 아무 잘못도 없는 엄마에게 모든 잘못을 뒤집어씌우고 언젠가부터 엄마를 사정없이 때리기까지 했어요. 이슬이는 그런 아빠가 너무 무섭고 싫었어요. 아빠가 집을 나가서 며칠씩 들어오지 않을 때면 이슬이는 엄마에게 아빠가 찾아올 수 없는 곳으로 이사하자고 조르기도 했어요. 하지만 엄마는 그래도 아빠가 예전의 모습으로 돌아가 행복하게 살 수 있을 거라고만 말했어요. 그러나 아빠는 변하지 않았고 날로 심해지기만 했어요. 아빠가 돌아오는 날이면 엄마는 또다시 이유 없이 매를 맞고 엄마가 파출부를 해서 벌어 둔 생활비를 모두 내줘야만 조용해졌어요. 이런 사실을 엄마는 언제나 숨겨 왔지만 이슬이는 어느 날 학교에서 돌아오는 길에 방안에서 들려 오는 소리를 모두 듣게 되었고, 엄마가 열심히 일하면서도 항상 돈이 없어서 힘들어하신다는 것을 알게 되었어요.

이날 이후로 이슬이는 어른이 되면 좋은 직업도 갖고 엄마를 행복하게 해 주고 싶어서 열심히 공부해서 항상 일등을 했던 거예요. 다른 친구들처럼 학원에 가서 배울 수 없기 때문에 수업 시간에 집중해서 선생님의 설명을 듣고 의문나는 것이 있으면 질문도 해야 하는데 오늘은 아무 소리도 들리지가 않았어요.

"이슬이 어디 아프니?"

선생님의 질문에 이슬이는 자신도 모르게 '네'라고 대답하고 말았어요.

"어디가 아픈 건데?"

이슬이는 눈물이 나오려고 해서 말을 못하고 손으로 가슴을 가리켰어요.

"조퇴하고 집에 가서 약 먹고 쉬는 게 좋겠니?"

이슬이가 고개를 끄덕이자 선생님은 다가와서 책가방 정리를 도와주셨어요.

"혼자 갈 수 있겠어?"

"네."

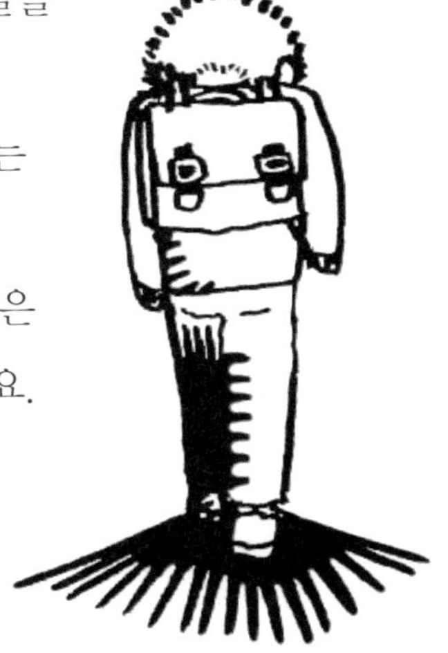

　이슬이는 교실 문을 나서자 눈물이 펑펑 쏟아졌어요. 엄마에게 아무 일이 없어야 할 텐데……. 줄달음쳐 집으로 달려온 이슬이는 가만히 안에서 들려오는 소리를 들었어요.

　"여보! 이건 정말 안 돼요."

　"뭐가 안 된다는 거야?"

　"이건 당신도 알다시피 제 어머니가 평생 몸에 지니고 다니시던 금십자가예요. 돌아가시면서 제게 유품으로 남겨 주신 건데 이건 정말 안 돼요. 며칠만 기다리면 월급 받아서 모두 드릴 테니 이것만은 안 돼요."

이슬이는 엄마가 저녁 기도 때마다 성경 책과 함께 외할머니의 금십자가를 꺼내 들고 기도하시던 모습이 떠올라서 아빠가 너무 미웠어요.

그리고 순간, 너무나 무서운 생각이 들었어요. 아빠가 죽어 버렸으면 좋겠다는 생각까지 들었어요. 이슬이는 온몸이 떨리고 지금 이 순간 무엇을 어떻게 해야 하는 건지 아무 생각도 떠오르지가 않았어요. 안에서는 엄마와 아빠가 싸우는 소리만 들렸어요. 그러다 엄마의 외마디 소리가 들리더니 조용해졌어요. 잠시 후 아빠가 황급히 집을 빠져나가는 것을 보고 이슬이가 방으로 달려들어갔을 때 엄마는 신음 소리를 내며 방구석에 쓰러져 있었어요. 엄마의 얼굴은 알아볼 수 없을 만큼 피범벅이 되어 있었어요.

“엄마, 엄마! 우리 엄마 죽으면 안 돼요. 하나님, 우리 엄마 살려 주세요. 우리 엄마는 죽으면 안 돼요. 착한 우리 엄마가 이렇게 죽으면 안 돼요. 하나님, 우리 엄마 좀 살려 주세요. 엄마! 우리 엄마 죽으면 안 돼요. 엄마!”

엄마는 겨우 겨우 이슬이의 손을 잡으면서 입을 움직였어요.

“이슬아, 엄마 안 죽어. 이슬이랑 아빠랑 잘 살 거야.”

“그게 무슨 아빠야. 아빠가 엄마 때리고 할머니 금십자가 빼앗아 간 거 다 알아. 내가 어른이 되면 꼭 그대로 갚아 줄 테야.”

엄마는 고개만 저으면서 말도 하지 못했어요.

“엄마, 정신 잃으면 안 돼. 내가 119에 전화했어요. 조금만 참아. 엄마, 사랑해. 내가 엄마 지켜줄 거야.”

　엄마는 병원비 때문에 오래 입원할 수가 없어서 머리에 난 상처를 꿰매고 약만 받아서 집에 돌아왔어요. 이슬이는 정성을 다해 엄마를 간호해 드렸지만 엄마는 예전처럼 잘 웃지도 못하고 이슬이와 함께 좋아하시던 동요도 부르지 못했어요. 엄마는 '풀밭에 누워'를 좋아했는데 예전처럼 목소리도 잘 나오질 않았어요. 이슬이는 엄마를 기쁘게 해 드리려고 혼자서라도 목청껏 노래를 불러 보지만 목이 메어 끝까지 부를 수가 없었어요.

　"엄마, 우리 예전처럼 함께 불러요."
엄마는 웃으면서 고개를 끄덕이지만
'풀냄새 피어나는 잔디에 누워~ 새파
란 하늘과 흰구름 보면
가슴이 저절로 부풀어올
라…….' 까지만 겨우
부르다가 숨이 차는지
더 이상은 부르지 못
했어요.

“엄마, 내가 어른이 되면 훌륭한 의사가 되어서 엄마 아
픈 곳 다 낫게 해 드릴게요.”

엄마는 웃으면서 이슬이의 등을 토닥거려 주었어요. 그
렇게 가을이 지나고 엄마 몸도 많이 좋아지고 있었어요.
이슬이는 겨울 방학 하는 날 첫눈이 내리면 좋겠다고 생각
했어요. 엄마는 아무리 바빠도 첫눈이 내리는 날에는 이슬
이 학교까지 마중 나와 주시니까요. 그런데 방학식 날 첫
눈은 내리지 않았어요. 혼자서 집에 오는 이슬이는 우수상
도 받고 모범상도 받았지만 조금도 기쁘지가 않았어요. 오
늘도 엄마는 남의 집에서 일을 하고 계시기 때문에 집에
가도 혼자 있게 될 게 분명하니까요. 언제나 그랬듯이 집
앞에서 열쇠를 꺼내 들었는데 방문이 열려 있는 거예요.

“엄마!”

문을 벌컥 열고 방으로 들어선 이슬이의 눈앞에 엄마는 없고 아빠가 앉아 있었어요. 이슬이는 자신도 모르게 아빠를 향해 소리쳤어요.

"왜 또 나타났어요. 난 아빠가 정말 싫어요. 빨리 나가세요."

아빠는 그런 이슬이를 물끄러미 바라보더니 천천히 다가와서 이슬이를 꼭 안아 주려고 했어요. 이슬이는 그런 아빠가 너무 싫어서 비켜서며 말했어요.

"아빠를 용서할 수 없어. 아빠 때문에 엄마가 얼마나 아파했는데 지금도 쉬지 못하고 남의 집에 일하러 갔단 말이야."

이슬이는 복받쳐 오르는 설움을 참지 못하고 엉엉 울기 시작했어요.

아빠도 소리는 내지 않았지만 어깨를 들썩이며 울고 계셨어요.

아빠와 이슬이는 그렇게 한참을 울었어요. 아빠가 울고 있는 이슬이를 꼭 안아 주며 이야기했어요.

"이슬아, 미안해. 다시는 그런 일 없을 거야."

"그래도 난 믿어지지가 않아요. 왜 돌아온 거예요? 아빠는 절대 변하지 않을 것 같아요. 또다시 엄마를 때리고 돈만 빼앗아 갈까 봐 무서워요."

"이슬아, 아빠가 친구에게 사기당하고 빨리 형편을 회복하려고 도박을 했단다. 금방 돈을 딸 것만 같았거든. 엄마와 너에게 예전처럼 잘 살게 해 주고 싶었어. 돈을 조금 따 보기도 했지만 결국은 모두 잃게 되었지. 모두 다 속임수였어. 집에는 더 이상 돈 될 것이 없다는 것도 알았기 때문에 도박을 하기 위해서 막노동도 해봤단다. 정말이지 미친 짓이었어. 지하철에서 며칠 밤을 지냈는데 어느 날인가 우리 이슬이 만한 아이가 들어와서 구걸한 몇 푼의 돈을 손에 꼭 쥐고는 자고 있었어. 근데 옆에서 자고 있던 아저씨가 그 아이의 돈을 훔치는 것을 봤어. 난 그걸 말릴 용기도 힘도 없이 한참을 넋이 나간 사람처럼 아무 말도 못하고 보고만

있었단다. 그리고 우리 이슬이 생각이 나서 하염없이 울었
단다. 그때 아빠도 술에 찌들어 있었지만 더 이상은 그렇게
살 수가 없었어. 자리를 박차고 일어나 몸을 씻고 일자리를
찾았단다. 아빠가 전에 알고 지내던 목공소에 찾아가서 겨
우 일자리를 얻었지. 아직 돈을 많이 벌지는 못했지만 열심
히 일했고 나무조각을 모아서 엄마랑 우리 이슬이에게 줄
선물들을 조각하면서 아빠는 참 행복했단다."

"아빠, 진짜 우리 아빠다. 옛날의 우리 아빠 맞는 거지?"

아빠는 말없이 고개만 끄덕였어요. 그리고 주머니에서
뭔가를 꺼내 이슬이 손에 쥐어 주었어요. 이슬이는 그것을
받아 들었어요. 조그만 나무조각에 '약속' 이라고 새겨진
아주 앙증맞은 목걸이 메달이었어요.

"참 귀엽다. 아빠가 만들었어?"

아빠는 고개를 끄덕였어요. 이슬이 아빠는 솜씨가 좋아
서 이슬이가 어릴 때 가지고 놀던 장난감이며 책상까지 직
접 만들어 줬었거든요.

"엄마 것은?"

아빠는 대답 대신 주머니에서 나무 십자가를 하나 꺼내 보여 줬어요. 가만히 들여다보니 웃고 있는 예수님 얼굴이 새겨진 나무 십자가였어요.

"우와, 잘 만들었다. 엄마가 좋아할 거야."

이슬이와 아빠는 엄마가 돌아오면 함께 식사할 수 있도록 밥을 짓기로 했어요. 밥상을 다 차려 놓고 이슬이가 아빠에게 말했어요.

"아빠, 엄마에게 가장 좋은 크리스마스 선물을 드려요."

약
속

“아빠도 그러고 싶다만 아직은 돈이 없어서 나무 십자가를 만들어 왔던 거야.”

“아빠, 엄마에게 가장 좋은 선물은 예전처럼 착한 아빠로 돌아온 거라구요. 엄마 돌아오시기 전에 빨리 선물을 포장해야겠어요.”

이슬이는 커다란 상자 하나를 동네 편의점에서 구해 왔어요. 그리고 그 속에 아빠를 들어가게 한 후 포장지를 붙였어요.

엄마가 집에 돌아오셔서서 방안에 있는 커다란 선물 상자를 보시고 깜짝 놀라셨어요.

"아니, 이게 뭐니?"

"엄마 크리스마스 선물이에요."

"아니, 무슨 선물이 이렇게 크단 말이야."

"어서 풀어보세요."

엄마가 궁금한 얼굴로 포장을 풀고 상자를 막 열어 보려는 순간!

"잠깐, 엄마 이 속에 있는 선물은 노래도 잘 불러요. 노래 한 곡 부탁해 볼까요? 엄마에게 먼저 신청곡 기회를 드리겠습니다."

"정말? 엄마의 신청곡은 '풀밭에 누워'로 할게."

그러자 굵고 멋진 남자 목소리로 노랫소리가 들렸어요.

"풀냄새 피어나는 잔디에 누워 새파란 하늘과 흰~~구름 보면 가슴이 저절로 부풀어올라 즐~거워 즐~거워 노래 불러요."

엄마는 이미 아빠의 목소리인 것을 알아챘어요. 엄마도 아빠도 울고 있었지만 이슬이는 엄마 아빠가 그렇게 행복해하는 모습은 처음 봤어요.

어른도
까만 꽃씨 편

까만 꽃씨

가을이 되자 별이네 집 뜰에는 노란 은행 잎이 노란 나비 떼처럼 춤을 추며 내려앉았습니다.

그때 어딘가에서 굴러 들어온 작고 까만 씨앗 하나가 은행 잎 이불 속에서 찬 서리로 얼었던 몸을 녹이고 있었습니다. 하지만 몸을 녹이기도 전에 세찬 바람은 은행 잎 이불을 멀리 멀리 날려 보내고 말았습니다.

"아이 추워, 아이 추워. 은행 잎 이불도 날아가 버렸으니 난 땅속으로 들어가 볼 테야."

작고 까만 씨앗은 조금씩 흙을 비집고 땅속으로 들어갔어요. 답답하고 어두울까 봐 걱정은 되었지만 그래도 추운 겨울을 땅 위에서 지낼 수는 없었거든요. 그런데 흙을 비집고 들어간 까만 씨앗은 깜짝 놀랐어요. 땅속은 너무나 아름다운 세계였어요. 온갖 빛깔의 곱고 부드러운 침대들이 씨앗들을 기다리고 있었어요. 그리고 어둡고 건강한 흙 사이사이에 무지개보다 더 가슴뛰게 할 만큼 곱고 예쁜 물감 주머니들이 생글생글 웃고 있었어요.

"안녕, 까만 씨야! 우리는 봄이 되면 물감 주머니들을 터트려 땅 위로 부지런히 올려 보낼 거란다."

"왜요?"

"그래야 아름다운 꽃들이 피어나지."

"아~ 그렇구나. 꽃들이 아름다운 빛깔을 내는 까닭이 물감 주머니 때문이었군요?"

까만 씨앗은 빨간 침대 위로 통 튀어 올라갔어요. 보드라운 침대에서 통통통 뛰고 데구루루 구르고 통통통 뛰고 데구루루 구르고 얼마나 놀았을까요? 까만 씨앗은 따뜻한 기운에 그만 빨간 침대에 누워 스르르 잠이 들었어요. 하얀 앞치마를 입은 굼벵이 아줌마가 초록색 비단 이불을 덮어 주셨어요. 옆 침대에서 놀던 친구들도 이제는 모두 잠이 들었어요. 겨울 밤 땅속은 하얀 눈이 소복소복 쌓이는 땅 위의 세상보다도 더 고요하고 포근했어요.

　얼마나 잤을까요? 까만 씨앗은 옆 침대에서 자던 친구들의 소란한 소리에 깨어났어요.

"봄이야, 빨리 나가야 돼."
"봄이 뭐야?"
"넌 봄을 처음 만나는구나? 봄이 오면 땅 위 세상이 땅속보다 더 따뜻해."
"여기도 따뜻한데."
"아니야. 우린 나가서 할 일이 많아."
"뭘 해야 하는 건데?"
"궁금하면 따라와 봐."

　까만 씨앗은 영문도 모른 채 노란 침대에서 자고 있던 민들레 씨앗을 따라 흙을 비집고 밖으로 나왔어요. 그 순간 까만 씨앗은 찬란하게 빛나는 봄 햇살에 깜짝 놀라 동그란 떡잎이 아기 제비 입처럼 벌어졌어요. 서둘러 나온 민들레와 제비꽃은 벌써 여러 개의 잎을 피워 내고 있었어요. 까만 씨앗도 부지런히 물과 양분을 길어 올리며 초록색 이파리들을 피워 내고 있었어요. 초록색 비단 이불을 덮고 잤기에 초록색의 길쭉길쭉한 이파리들을 피워냈어요. 옆을 보니 보랏빛 침대에서 자던 제비꽃은 보랏빛 꽃을 피워 냈고 노란 침대에서 잠자던 민들레는 노란 꽃을 피워 냈어요.

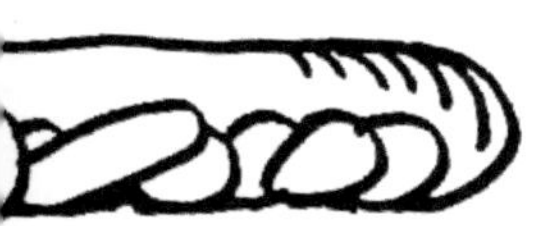

“나도 빨간 꽃을 피워낼 수 있을까?”

까만 씨앗은 언젠가 자기 몸에서도 빨간 꽃들이 피어날 것이라 믿으며 열심히 일을 했어요. 봄의 땅속은 요란한 분장실 같아요. 온갖 색깔의 물감 주머니들을 터트려 나무며 풀들의 뿌리에 화장을 해 주거든요. 까만 씨앗의 뿌리에도 빨간 물감 주머니를 발라 주고 갔는데 아직도 꽃이 피려면 멀었나 봐요.

따뜻한 봄도 다 지나고 민들레도 하얀 홀씨를 만들어 멀리멀리 날아간 지 오래죠.

까만 씨앗은 긴 이파리들만 축 늘어뜨리고 너무나 무더운 여름 날씨에 기운을 잃었어요.

그러던 어느 날, 소나기가 힘차게 내리고 간 날, 온몸에 화들짝 힘이 생기더니 겨드랑이가 가렵기 시작했어요.

"간질간질. 아휴! 가려워."

긴 이파리 사이사이에 조그맣고 귀여운 혹이 생기더니 조금씩 부풀어 올랐어요. 까만 씨앗은 콩당콩당 가슴 뛰는 소리를 간신히 참아 내며 자신의 몸에서 일어나는 새로운 변화들을 느끼고 있었어요. 그러던 어느 날 아침 무더위를 부르는 여름 햇살이 이슬 열매들을 순식간에 하늘 쟁반에 따 담아 가던 그날에 까만 씨앗에게도 빨간 꽃잎이 터지고야 말았어요.

마술사의 손끝에서 피어나는 종이꽃처럼, 진홍색의 꽃잎들이 작은 주머니 속에서 빨간 꽃을 피워 냈어요. 별이네 집에 놀러 왔던 소녀들이 소리쳤어요.

"별아, 봉숭아꽃이 피었어."

"우리, 손톱에 꽃물 들이자."

소녀들은 서로의 손톱에 찧은 빨간 봉숭아 꽃잎을 얹어 주며 노래를 불렀어요.

"울 밑에 봉숭아 어여쁜 봉숭아 그 누가 날마다 키워 주나~~~"

까만 씨앗은 정말 즐거웠어요. 소녀들의 노랫소리를 들으며 부지런히 더 많은 꽃잎들을 피워 낼 수 있었어요. 찬 서리가 내리기 전까지는 땅속 빨간 침대에서 잠잘 더 많은 까만 씨앗들을 품어야 했으니까요.

가슴이
아기 꿀벌과 쉬파리 편

아기 꿀벌과 쉬파리

여름이 되자 별이네 집 뜰에는 봄에 심어 둔 꽃들이 아롱다롱 피어나 향기로운 꽃밭이 되었어요. 벌과 나비들은 삼복 더위의 개울가에 모여든 아이들처럼 신나서 나풀나풀 윙윙 날아다니며 꿀을 모으기에 바쁘지요.

어젯밤 고양이가 주인 아주머니 몰래 훔쳐 와서 먹고 버린 고등어 머리가 벌 나비들의 꿀 잔치가 한창인 꽃밭 속에서 썩는 바람에 순식간에 쉬파리들이 모여들기 시작했어요.

그런 줄도 모르고 언니따라 처음 꿀 모으기를 배우는 아기 꿀벌은 이리저리 꽃을 옮겨 다니느라 신이 났어요. 그때였어요.

"아니 누구야! 이 고약한 꽃가루를 내 콧잔등에 떨어뜨리는 녀석이."

"뭐야? 꽃가루가 더럽다고? 넌 누구야? 왜 그런 더러운 것을 먹어?"

"이 꼬마야. 한 가지씩 물어 봐야 대답을 하지."

"넌 누구야?"

"난 썩은 생선을 제일 좋아하는 쉬파리다."

"왜 그런 더러운 것을 먹어?"

"어험, 남의 음식을 보고 더럽다니……. 네가 썩은 생선 맛을 알아?"

"그런 건 먹으면 안 돼."

"왜 안 되는데?"

"배탈 나."

"난 배탈 안 나."

"그래도 고약한 냄새가 나잖아."

"난 이 냄새가 좋아."

"난 싫어."

"나도 꽃가루가 싫어."

아기 꿀벌은 이해할 수 없었지만 쉬파리가 자기 때문에 화나 있다면 사과를 해야 할 것만 같았어요.

"미안해. 난 널 화나게 하고 싶지는 않아. 나 때문에 화났다면 미안해."

"알았으면 됐어. 다음부터는 조심해."

"치~ 사실은 나도 너 때문에 화났어."

"요 조그마한 게 말이 많아. 네가 뭣 때문에 화가 났다는 거야?"

"난 조그맣지 않아. 오늘은 언니랑 꿀도 따러 왔단 말이야."

"꿀? 너 꿀이라고 했니? 나도 꿀은 좋아하는데……. 꿀은 어떻게 따는데? 꿀이 어느 나무에 달려 있는데?"

"치~ 한 가지씩 물어 봐야 대답을 하지."

"요게 곧장 되갚네. 어서 말해 봐."

"꿀은 나무에 과일처럼 달려 있는 것이 아니야. 꽃 속에 있어."

"그 고약한 꽃 속에 그렇게 맛있는 꿀이 있다는 거야. 거짓말하지 마."

"난 거짓말 안 해. 이젠 그만 가서 꿀을 모아야 겠어."

"야, 꼬마야! 나랑 함께 가자."

"나 꼬마 아니래두. 난 꿀벌이야." 아기 꿀벌은 윙윙 꽃밭 사이로 날아가서 열심히 꿀을 모았어요.

그러나 쉬파리는 아기 꿀벌을 따라다녔지만 꿀을 모으기는커녕 고약한 꽃 냄새에 화만 잔뜩 나서는 아기 꿀벌에게 화를 냈어요.

"넌 날 속였어. 꿀이 없잖아. 냄새 나는 꽃가루가 내 몸을 더럽혀서 난 머리가 아파."

"아니야. 난 속이지 않았어. 난 이만큼이나 모았는걸. 네 배도 불룩한데 그건 뭐야?"

"내 배 안에는 구더기 알이 가득 들어 있어."

아기 꿀벌은 '으악' 하고 소리를 지를 뻔했어요. 그제야 아기 꿀벌은 쉬파리를 찬찬히 쳐다봤어요. 크기도 모양도 비슷했지만 쉬파리는 아기 꿀벌과 많이 달랐어요. 꿀을 모으는 긴 대롱은 없고, 음식을 핥는 긴 혀만 있고, 꿀을 모아 둘 이슬 방울처럼 맑은 꿀 주머니 대신 구더기 알이 가득한 배만 불룩했어요. 하는 수 없이 아기 꿀벌은 쉬파리와 헤어졌어요. 그날 밤 아기 꿀벌은 낮에 만난 쉬파리 생각이 자꾸만 났어요. 쉬파리와 함께 향기로운 꽃밭 사이로 날아다니며 암술머리에 꽃가루도 발라 주고 암술이 차려 준 꿀샘에 긴 대롱을 꽂고 꿀을 먹으면서 재미나게 놀고 싶었어요. 아기 꿀벌은 무엇이나 잘 아는 여왕벌님을 찾아가서 물어 봐야겠다고 생각했어요.

"여왕벌님! 여왕벌님! 전 꽃밭에 나가 친구를 만났어요. 그런데 그 친구는 저처럼 꿀을 모을 수가 없어요. 그 친구와 함께 꿀을 모으며 놀고 싶어요. 대롱과 꿀 주머니를 달아 주고 싶은데 어디 가면 구할 수 있을까요?"

"그건 내가 줄 수 있는 것이 아니란다. 그리고 네가 그 친구와 놀고 싶어서 너의 것을 주어도 영영 그 꿈은 이루어질 수 없는 거란다."

"왜요?"

"그건 말이다. 가장 소중한 것을 누군가에게 줄 수 있는 것은 자기 자신뿐이고, 주고 난 후에는 그 친구가 그것의 주인이 되기 때문이란다."

여왕벌님의 알쏭달쏭한 말을 처음에는 이해할 수 없었지만 영특한 아기 꿀벌은 곧 그 뜻을 이해할 수 있었어요. 그리고 아기 꿀벌은 언젠가 쉬파리가 나타날 것을 기다리며 긴 여름을 그 꽃밭에서만 지냈어요. 그러던 어느 날 아기 꿀벌의 기다림이 헛되지 않아 쉬파리를 다시 만날 수 있었어요. 쉬파리도 전과는 다르게 아기 꿀벌을 반가워했어요.

"난 아직도 네가 나처럼 꿀을 모을 수 있으면 좋겠어. 그래서 꽃들의 웃음소리와 꽃가루를 발라 줄 때의 아름다운 감사의 기도 소리도 들어볼 수 있었으면 좋겠어. 그리고 너를 위해 정성스럽게 차려 주는 꽃들의 만찬을 네가 먹어 볼 수 있기를 간절히 바래."

"우와! 그거 멋진 일이겠는 걸. 어떻게 하면 나도 꽃들의 만찬에 갈 수 있을까?"

"내가 도와 주고 싶어."

"어떻게 하면 되는데?"

"내가 너에게 줄게. 긴 대롱과 꿀 주머니를."

"고마워. 어서 주렴."

"그런데 나의 것을 받기 위해서는 너의 것을 먼저 버려야 해."

"알았어."

쉬파리는 썩은 음식을 핥기에 좋은 긴 혀와 구더기 주머니를 단숨에 떼어 냈어요. 아기 꿀벌은 꿀을 빨아올리는 대롱과 이슬 방울처럼 맑은 꿀 주머니를 그 자리에 달아 주었어요. 아주 순식간에 일어난 일이라서 아무도 볼 수 없었어요. 그런데 그 순간, 쉬파리에게 놀라운 일이 벌어졌어요. 아주 싫었던 꽃 향기가 아기 꿀벌이 말했던 것처럼 그렇게 향기로울 수가 없었어요. 그리고 세상은 아름다운 꽃들의 노랫소리로 가득하다는 것을 처음 알게 되었어요.

이제는 아기 꿀벌이 말하던 꽃들의 만찬을 맛보고 싶어
졌어요. 너무나 흥분되고 기쁜 마음에 쉬파리는 쓰러져 있
는 아기 꿀벌을 깨웠어요.
"어서 일어나. 나와 함께 꽃밭으로 가자."
"미안해! 난 이제 갈 수 없어."

쉬파리는 그제야 자신을 위해 아기 꿀벌이 죽어 간다는
것을 알아차렸어요.
"안 돼! 무슨 소리야? 빨리 일어나."
"함께 갈 수는 없지만 이제부터 나는 너와 하나잖아."

　　아기 꿀벌은 그 말만을 남기고 바싹 오그라진 몸으로 바람결에 날아가 버렸어요. 쉬파리는 아무리 불러도 대답이 없는 아기 꿀벌을 찾으러 정신없이 돌아다녔지만 아기 꿀벌은 흔적도 없이 사라져 버렸어요.

쉬파리는 그렇게 계속 슬퍼하고 있을 수만은 없었어요.

그리고 아기 꿀벌의 마지막 목소리가 들리는 것 같았어요.

"함께 갈 수는 없지만 이제부터 나는 너와 하나잖아."

쉬파리는 눈물을 훔치고 힘차게 날아올라 더 넓은 꽃밭으로 갔어요.

그리고 더 열심히 암술머리에 꽃가루를 발라 주며 꽃들이 더 많은 소망의 노래를 부르게 했습니다.

뛴다
눈물로 뭉친 참깨 편

눈물로 뭉친 참깨

두메산골 산기슭에 들이 있었어요. 들이라고는 하지만 반달 모양의 계단 밭과 나뭇가지 모양의 다랑이 논이 고작이었지요. 하지만 이 작은 들에도 가을이 오면 봄부터 농부님들의 발자국 소리를 듣고 잘 자란 온갖 곡식과 열매, 채소들이 그 몸짓에 알맞은 빛깔과 향기를 품고 주인님의 추수를 기다린답니다. 함박웃음과 감사로 가을걷이를 하는 마음씨 착한 농부님들은 들을 깨끗이 거두어 가지는 않았답니다. 겨울에 눈이 쌓여도 들짐승들이 배고프지 않도록 먹이를 남겨 두어야 하니까요. 둥둥 북소리에 만국기가 펄럭이는 가을 운동회가 시작될 무렵이면 농부님들의 발자국 소리가 멈춘 들녘에서는 열매 대회가 시작되지요.

이가 숭숭 빠진 옥수수 할아버지가 대회의 시작을 알리
면 모두들 자신의 맛과 멋을 자랑하려고 서두르지요.

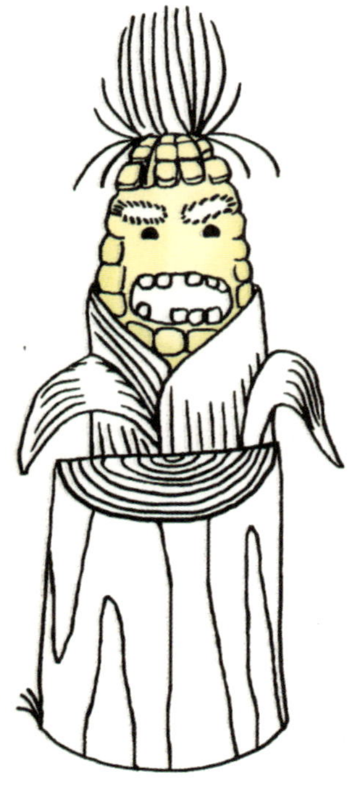

논두렁 밭두렁에서 덩그렁 덩그렁 익어 가던 호박 청년.

농부님들의 사랑을 가장 많이 받던 벼 이삭 아저씨.

읍내 학교에까지 나들이 간다며 좋아하는 콩자반이 될 검정콩 학생.

동짓날만 기다린다는 팥알 할머니.

가시 대문을 활짝 열고 튀어나온 밤톨 삼형제.

가을 햇살을 마음껏 받아 마셔서 볼이 빨갛게 된 사과 아가씨.

노란 레이스 속옷을 꼭꼭 껴입은 배추 아줌마.

　그런데 아직도 열매 대회에 참가하지 않은 참깨 가족이
있었어요. 아기 참깨는 한 번도 나가 보지 못한 열매 대회
지만 나갈 수만 있다면 1등을 차지할 자신이 있었어요.

　"엄마, 열매 대회에 꼭 나가고 싶어요."
　"아가야, 안 된단다."
　"왜 안 된다는 거예요?"
　"지난해 엄마도 1등을 차지할 자신이 있었단다. 하지만
우리는 너무 작고 빛깔도 곱지 않아서 아무도 눈여겨봐 주
지 않았단다."
　"전 나가서 큰소리로 말할 거라고요."

"소용없어. 나도 큰소리로 말했지만 수다스런 배추 아줌마가 치맛자락을 펄럭이는 바람에 난 그 속으로 쏙 들어가 버리고 말았단다. 아무리 나오려고 해도 배추 아줌마가 노란 레이스 속옷을 얼마나 꼭꼭 껴입었는지 치맛자락 속에 갇혀서 도저히 나올 수가 없었단다. 대회가 다 끝나고 상을 받지 못한 아줌마가 화가 나서 치마를 털털 터는 바람에 겨우 빠져 나올 수가 있었단다."

"난 배추 아줌마 곁으로는 가지 않을 거예요."

"배추 아줌마만이 아니란다. 이 아빠가 나갔을 때에는 점잖으신 홍시감 여사 곁에 얌전히 앉아만 있었는데도 배 영감님이 홍시감 여사의 볼을 툭 터뜨리는 바람에 온몸이 끈적거려서 아빠는 아무것도 할 수가 없었다."

"난 홍시감 여사 곁에도 가지 않을 거예요."

"아가야, 그것뿐만이 아니란다. 이 할아버지가 나갔을 때에는 한쪽 에 얌전히 앉아 있었는데 호박 청년이 산만한 몸집으로 기우뚱기우뚱 다가오더니만 내가 있는 줄도 모르고 내 위에 철퍼덕 앉아 버리지 않았겠니? 얼마나 답답하고 숨이 막히던지 죽는 줄 알았단다."

"할아버지, 호박 청년이 제 곁으로 오면 전 빨리 도망칠 자신 있어요."

가족들의 이야기를 듣고 있던 할머니가 아기 참깨를 어루만지며 입을 열었어요.

"아가야! 보기만 하는데도 아까운 우리 아가야. 우리는 맛도 좋고 몸에도 좋은 곡식이지만 아무도 우리의 모습에 관심을 가져 주지 않는단다. 이 할머니도 우리 아가처럼 어릴 때 나가지 못하게 하는 어른들이 야속하기만 했단다. 나도 어른들 말씀을 뿌리치고 대회에 나갔는데 난쟁이 해바라기씨라고 놀림만 받다가 돌아왔단다. 내 말을 들어 보지도 않고 모두들 그렇게 놀려댔지. 지금도 그 생각을 하면 서글퍼지는구나."

아기 참깨를 달래는 할머니의 눈에 촉촉이 눈물이 맺혔어요. 할머니의 눈물을 보자 아기 참깨는 너무나 슬퍼서 엉엉 울었어요.

엉엉엉~ 엉엉엉~ 얼마나 울었을까요? 한참을 울다 보니 아기 참깨의 몸이 눈물로 범벅이 되어 버렸어요. 그래도 아기 참깨의 마음은 슬프기만 했어요. 그래서 데굴데굴 뒹굴면서 다시 울었어요. 그 순간, 눈물로 흠뻑 젖은 아기 참깨의 몸에 다른 참깨들이 달라붙어서 참깨 덩어리가 되었어요. 이젠 자신 있게 열매 대회에 참가할 수 있게 된 것이지요.

모두들 자기가 제일이라고 자랑하고 있던 열매들은 가장
늦게 참석한 참깨 가족을 보자 숨을 죽이며 쳐다봤어요.
그때 할아버지 참깨가 입을 열었어요.

"여러분, 우리는 몸이 너무 작고 아름다운 빛깔마저 없어 보잘 것 없지만 아주 오랜 옛날부터 이 들에서 살았답니다. 우리로 말씀 드릴 것 같으면, 농부님들이 열심히 일을 하다 병이 나면 우리를 갈아서 죽을 끓여 먹는답니다. 그러면 새 힘을 얻어 다시 들로 나와 우리를 가꾸어 주신답니다. 그뿐만이 아닙니다. 우리는 살짝 불속에 들어갔다 나오면 아주 고소해진답니다. 아기들이 젖을 막 뗐을 때 깨소금 참기름으로 밥을 비벼 먹이지요. 우리를 먹고 자란 아기들이 건강한 농사꾼도 되었고 훌륭한 선생님도 되었답니다."

할아버지 참깨의 설명이 끝나자 배추 아줌마가 입을 열었어요.

"맞아요. 배추김치에도 고소한 참깨가 뿌려져야 마무리가 된답니다."

그때 이가 숭숭 빠진 옥수수 할아버지가 땅바닥을 탁탁 치더니 입을 열었어요.

"올해의 열매 상은 참깨 가족에게 드리도록 하겠습니다."
모두들 기쁨으로 참깨 가족에게 박수를 쳐 주었습니다.
아기 참깨의 눈에 다시 샛별처럼 반짝이는 눈물 방울이
맺혔지만 이번에는 아무도 슬퍼하지 않았답니다. 너무 기
뻐서 우는 눈물이었으니까요.